개와 고양이는 만나기만 하면 으르렁대죠?
왜 개와 고양이는 사이가 나쁠까요?
이야기 속으로 들어가 알아보아요.

추천 감수_ 서대석
서울대학교와 동 대학원에서 구비문학을 전공하고 문학박사 학위를 받았습니다. 한국
구비문학회 회장과 한국고전문학회 회장을 지냈으며, 1984년부터 지금까지 서울대학
교 인문대학 국어국문학과 교수로 재직 중입니다. 〈한국구비문학대계〉 1-2, 2-2, 2-6,
2-7, 4-3 등 5권을 펴냈으며, 쓴 책으로 〈구비문학 개설〉, 〈전통 구비문학과 근대 공연
예술〉, 〈한국의 신화〉, 〈군담소설의 구조와 배경〉 등이 있습니다.

추천 감수_ 임치균
서울대학교 대학원에서 고전소설 연구로 문학박사 학위를 받고 현재 한국학중앙연구원
한국학대학원 어문예술계열 교수로 재직 중입니다. 한국학중앙연구원에서 문헌과 해석
운영위원으로 활동하고 있으며, 고전소설의 대중화 방안을 연구하여 일반인들에게 널
리 알리는 일에 앞장서고 있습니다. 쓴 책으로 〈조선조 대장편소설 연구〉, 〈한국 고전
소설의 세계〉(공저), 〈검은 바람〉 등이 있습니다.

추천 감수_ 김기형
고려대학교와 동 대학원에서 구비문학을 전공하고 문학박사 학위를 받았습니다. 현재
고려대학교 문과대학 국어국문학과 부교수로 판소리를 비롯한 우리 문학을 계승 발전
시키기 위해 노력하고 있습니다. 쓴 책으로 〈적벽가 연구〉, 〈수궁가 연구〉, 〈강도근 5가
전집〉, 〈한국의 판소리 문화〉, 〈한국 구비문학의 이해〉(공저) 등이 있습니다.

추천 감수_ 김병규
대구교육대학을 졸업하고 한국일보 신춘문예에 동화가, 중앙일보 신춘문예에 희곡이
당선되면서 작품 활동을 시작했습니다. 대한민국문학상, 소천아동문학상, 해강아동문
학상 등을 수상했으며, 현재 소년한국일보 편집국장으로 재직 중입니다. 쓴 책으로 〈나
무는 왜 겨울에 옷을 벗는가〉, 〈푸렁별에서 온 손님〉, 〈그림 속의 파란 단추〉 등이 있습
니다.

추천 감수_ 배익천
경북 영양에서 태어났습니다. 1974년 한국일보 신춘문예에 동화가 당선되었고, 〈마음
을 찍는 발자국〉, 〈눈사람의 휘파람〉, 〈냉이꽃〉, 〈은빛 날개의 가슴〉 등의 동화집을 펴
냈습니다. 한국아동문학상, 대한민국문학상, 세종아동문학상 등을 받았으며, 현재 부
산 MBC에서 발행하는 〈어린이문예〉 편집주간으로 일하고 있습니다.

글_ 강이경
어린이 책에 관심이 많아 '어린이 책 작가교실'에서 글쓰기를 배우며 틈틈이 글을 썼습니
다. 2006년 동아일보 신춘문예에 동화가 당선되어 문단에 나왔습니다. 쓴 책으로
〈성자가 된 옥탑방 의사〉, 〈착한 어린이 강도영〉 등이 있습니다.

그림_ 이상미
한국출판미술협회 회원이며 현재 프리랜스 일러스트레이터로 활동하고 있습니다.
2002 한국출판미술대전 특선을 수상하였습니다. 그린 책으로 〈누가 내 집에 사는 거
야!〉, 〈호랑이와 곶감〉, 〈우리 역사 첫발〉, 〈한국사 탐험대〉 등이 있습니다.

소년한국
우수어린이
도서수상

〈말랑말랑 우리전래동화〉는 소년한국일보사가 국내 최고의
도서 제품을 선정하여 주는 **우수어린이 도서**를 여러 출판
사의 많은 후보작과의 치열한 경쟁을 뚫고 수상하였습니다.

말랑말랑 우리전래동화 ㉟ 신비와 기적
개와 고양이

발 행 인 박희철
발 행 처 한국헤밍웨이
출판등록 제406-2013-000056호
주   소 경기도 성남시 분당구 금곡동 444-148
대표전화 031-715-7722
팩   스 031-786-1100
편   집 이영혜, 이승희, 최부옥, 김지균, 송정호
디 자 인 조수진, 우지영, 성지현, 선우소연
사진제공 이미지클릭, 연합포토, 중앙포토

개와 고양이

글 강이경 그림 이상미

한국헤밍웨이

옛날, 어느 강가에 마음씨 착한 늙은 부부가
개와 고양이를 자식 삼아 키우며 살고 있었어.
"할멈, 오늘은 물고기를 많이 잡아 오리다."
할아버지는 날마다 강으로 나가 물고기를 잡았어.
물고기를 장에 내다 팔아서 쌀도 사고 옷도 샀지.
할아버지가 낚싯대를 둘러메고 집을 나서면
개와 고양이도 쫄레쫄레 할아버지 뒤를 따라나섰어.

할아버지는 좋은 자리를 골라 낚싯대를 드리웠어.
그런데 그날따라 날이 다 저물도록
물고기가 한 마리도 잡히질 않는 거야.
"오늘은 허탕인가 보다, 얘들아."
개와 고양이도 시무룩해졌어.
그때 낚싯대가 쑥 강물 속으로 빨려 들어갔어.
할아버지는 얼른 낚싯대를 잡아당겼지.

"퍼덕퍼덕!"
황금 비늘이 번쩍번쩍 빛나는 커다란 잉어가
낚싯바늘을 물고 버둥거렸어.
"세상에! 이렇게 큰 잉어는 생전 처음 보는구나."
그런데 잉어가 굵은 눈물을 뚝뚝 흘리는 거야.
할아버지는 잉어가 불쌍해서 놓아주기로 했어.
"어서 네 집으로 가거라. 다시는 낚시에 걸리지 말고."
황금 잉어는 기쁜 듯이 물 위로 펄떡펄떡 뛰어올랐어.

다음 날도 할아버지는 아침 일찍 물고기를 잡으러 갔어.
개와 고양이도 할아버지를 졸졸 따라갔지.
낚싯대를 드리우며 할아버지는 흥겹게 노래를 불렀어.
그때 갑자기 강물이 부글부글 소용돌이치더니
물속에서 뭔가 쑥 올라오는 거야.

비단옷을 입고 *훤칠하게 잘생긴 소년이
물가로 걸어 나와 할아버지한테 넙죽 큰절을 했어.
"저는 용왕의 아들입니다.
어제 살려 주신 잉어가 바로 저랍니다."

*훤칠하다 : 길고 미끈하다는 말이에요.

잉어 왕자는 할아버지에게 파란 구슬을 주었어.
"제 목숨을 살려 주셔서 정말 고맙습니다.
보답으로 이 요술 구슬을 드리지요.
구슬을 어루만지면서 소원을 빌면 이루어질 거예요."
할아버지가 머뭇머뭇 구슬을 받아 들자
잉어 왕자는 물속으로 풍덩 사라져 버렸어.
할아버지는 꿈인가 생시인가 한참을 멍하니 서 있었지.

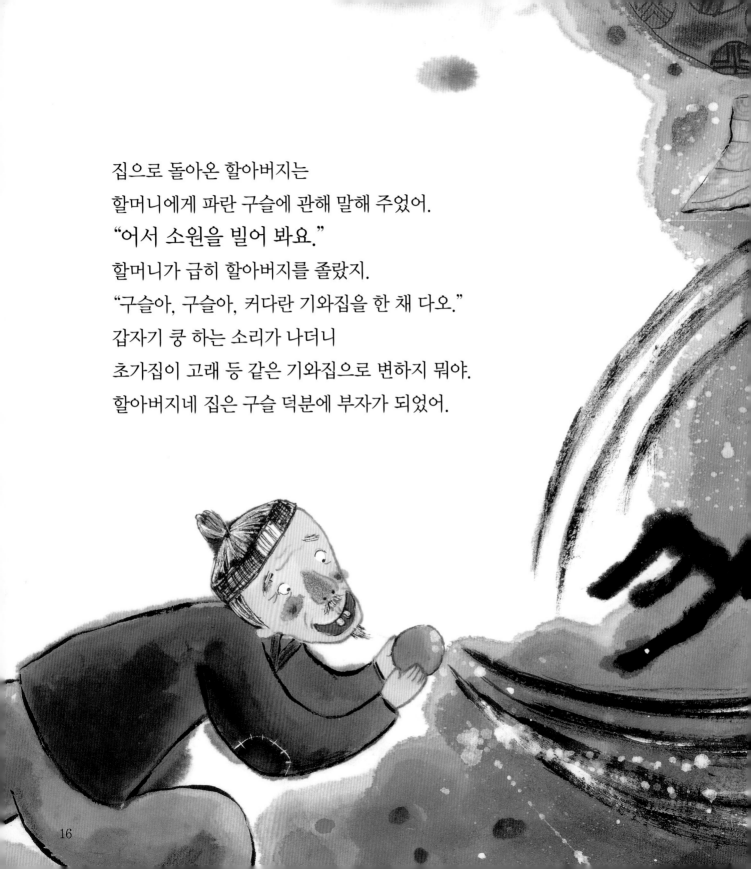

집으로 돌아온 할아버지는
할머니에게 파란 구슬에 관해 말해 주었어.
"어서 소원을 빌어 봐요."
할머니가 급히 할아버지를 졸랐지.
"구슬아, 구슬아, 커다란 기와집을 한 채 다오."
갑자기 쿵 하는 소리가 나더니
초가집이 고래 등 같은 기와집으로 변하지 뭐야.
할아버지네 집은 구슬 덕분에 부자가 되었어.

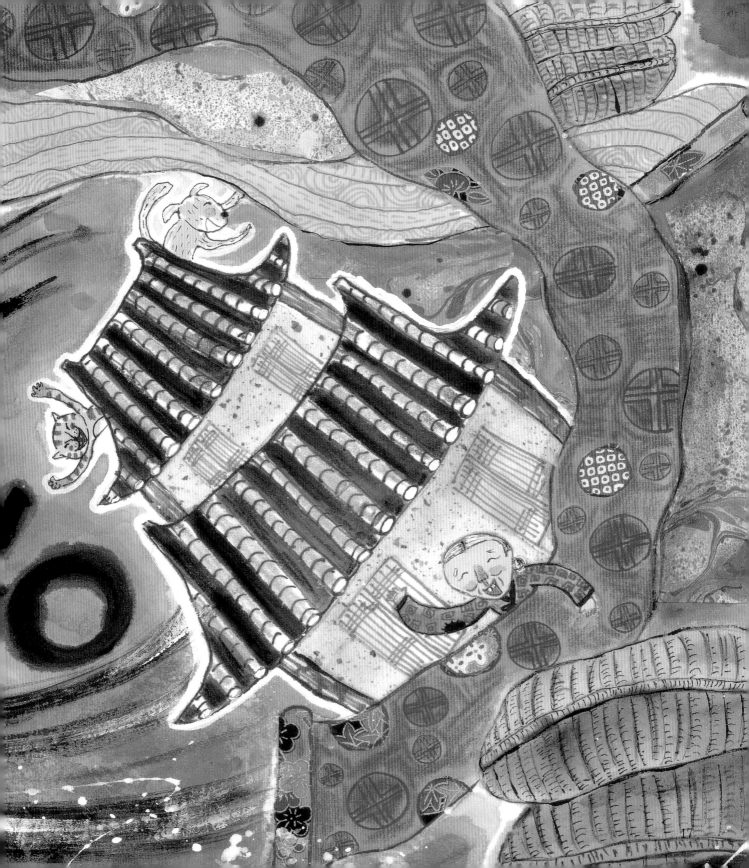

강 건너 마을에 사는 욕심쟁이 할머니가
그 소문을 들었어.
욕심쟁이 할머니는 요술 구슬을 빼앗으려고
가짜 구슬을 품속에 넣고 할아버지네로 찾아왔어.
"그 신기한 구슬 좀 구경시켜 줘요."
그러고는 슬쩍 구슬을 바꿔치기해서
후다닥 자기 집으로 달아났지.

파란 구슬이 없어지자 커다란 기와집도,
쌀이 가득한 곳간도 온데간데없이 사라졌어.
할아버지는 넋을 잃고, 할머니는 시름시름 앓아누웠지.
개와 고양이는 힘을 합쳐 구슬을 되찾기로 했어.
"우리를 자식처럼 키워 주셨으니 은혜를 갚아야지.
우리가 무슨 수를 쓰든 구슬을 찾아오자."
"그래, 내가 헤엄쳐서 강을 건널 테니 내 등에 업혀."
개와 고양이는 욕심쟁이 할머니 집으로 갔어.

욕심쟁이 할머니는 파란 구슬을 누가 가져갈까 봐
하루 종일 구슬을 안고 꼼짝도 하지 않았어.
"저렇게 꼭 지키고 있으니 무슨 수로 구슬을 찾지?"
"나한테 좋은 수가 있어!"
고양이는 살금살금 곳간으로 들어가서
대장 쥐를 잡아 목을 꽉 움켜쥐고 소리쳤어.
"너희 대장을 살리고 싶으면 파란 구슬을 가져오너라!"
잔뜩 겁을 집어먹은 쥐들은 구슬을 훔쳐 왔지.

고양이는 구슬을 입에 물고 개의 등에 올라탔어.
개는 강을 건너다가 문득
고양이가 구슬을 잘 물고 있는지 궁금했지.
"야옹아, 파란 구슬 잘 물고 있니?"
고양이는 구슬을 물고 있으니까 대답을 할 수 없겠지?
"야옹아, 구슬 잘 물고 있느냐고!"
"잘 물고 있으니까 걱정하지 마!"
에구, 그 바람에 물고 있던 구슬이
강물에 퐁당 빠져 버리고 말았어.

"그러게 잘 물고 있으라고 했잖아!"
"잘 물고 있는데 네가 자꾸 말을 시켰잖아!"
"궁금하니까 그랬지!"
"그래도 강을 건너기 전까진 참았어야지!"
개와 고양이는 서로 잘못을 미루며 다투었어.
그러다가 개는 버럭 화를 내며 혼자 집으로 가 버렸지.
고양이는 차마 집에 가지 못하고
강가에 쪼그리고 앉아 구슬 찾을 궁리를 했어.

"배가 고픈 모양이로구나. 옜다, 먹어라."
고양이가 힘없이 강을 바라보고 있는데
지나가던 어부가 물고기를 한 마리 던져 주었어.
고양이가 물고기를 덥석 물었더니
배 속에 딱딱한 게 들어 있지 않겠어?
고양이가 물고기 배를 갈라 보니
글쎄 그 속에 파란 구슬이 들어 있는 거야.

고양이는 구슬을 입에 물고 부리나케 집으로 달려왔어.
"세상에, 요술 구슬 아니냐? 이걸 찾아오다니!"
할머니는 고양이를 꼭 안아 주었어.
"우리 착한 야옹이 배가 왜 이렇게 홀쭉할까?
할멈, 어서 가서 먹을 것 좀 가져오구려."
할머니와 할아버지는 개는 본체만체하고
고양이를 데리고 방 안으로 들어갔어.
그 모습을 본 개는 샘도 나고 심술도 났지.

할아버지와 할머니는 다시 부자가 되었어.
고양이는 할머니, 할아버지와 방에서 살게 되었지.
"쳇! 누구는 따뜻한 방에서 맛난 것만 먹고
누구는 추운 마당에서 찬밥이나 먹다니!"
개는 고양이가 방에서 나오면
쏜살같이 달려가 심술을 부리고 괴롭혔어.
이때부터 개와 고양이는 만나기만 하면 으르렁거린단다.

개와 고양이 작품해설

개와 고양이는 예로부터 사람들과 가장 친근한 동물 중 하나이지요. 하지만 둘은 서로 잘 어울리지 못하는 사이이기도 합니다. 개와 고양이의 사이가 나빠지게 된 까닭은 무엇일까요? 〈개와 고양이〉는 이러한 궁금증에 대한 답을 재미있게 상상한 이야기예요.

가난한 어부 할아버지와 할머니에게는 자식처럼 키우는 개와 고양이가 있었어요. 어느 날, 할아버지는 잉어를 잡았다가 불쌍한 마음에 다시 놓아주었지요. 그런데 할아버지가 놓아준 잉어는 용왕의 아들이었어요. 덕분에 할아버지는 소원을 들어주는 요술 구슬을 얻게 되었지요. 할아버지와 할머니는 그 요술 구슬 덕분에 큰 부자가 되었어요. 하지만 이 사실을 알게 된 강 건너 욕심쟁이 할머니가 가짜 구슬을 가지고 와서 요술 구슬과 바꿔치기해서 달아나 버렸어요. 그래서 개와 고양이는 구슬을 되찾아 오기로 합니다.

마침내 개와 고양이는 힘을 합쳐 구슬을 되찾았지요. 그런데 고양이를 등에 태우고 강을 건너던 개가 구슬을 잘 물고 있느냐고 자꾸 고양이에게 물어봅니다. 고양이는 대답을 하다가 그만 구슬을 강물에 떨어뜨리고 말아요. 개와 고양이는 서로 네 탓이라며 다투지만 이미 소용없는 짓이었지요.

화가 난 개는 집으로 돌아가고, 혼자 남은 고양이는 강가에 앉아 있다가 어부에게 물고기 한 마리를 얻습니다. 그런데 물고기의 배 속에서 파란 구슬이 나왔지요. 구슬을 되찾아 온 고양이는 귀여움을 독차지하게 되었어요. 개와 고양이는 이때부터 서로 보기만 하면 으르렁거리는 사이가 된 것이랍니다.

〈개와 고양이〉는 사물이나 일이 생겨난 것에 대한 이야기, 즉 유래담이라고 할 수 있어요. 이러한 유래담은 지명이나 동식물 이름에 대한 것 등 우리 민담 전체에 걸쳐 다양하게 전해 내려오고 있답니다.

꼭 알아야 할 작품 속 우리 문화

전통 낚시 방법

"고기를 잡으러 바다로 갈까요, 고기를 잡으러 강으로 갈까요." 우리 조상들은 물고기를 어떻게 잡았을까요? 낚싯대나 그물 같은 도구를 사용했어요. 기다란 대나무에 줄을 매달아 낚시를 하기도 하고, 반두나 통발을 이용하기도 했지요.

'반두'는 얕은 개울이나 물가 풀숲에서 고기를 몰아 잡는 데 쓰는 그물이에요. '통발'은 가는 댓조각으로 만든 것으로, 물속에 뉘어 두고 미꾸라지 같은 물고기를 잡는 도구랍니다.

▲이명욱의 〈어초문답도〉

기와집

'고래 등 같은 기와집'이라는 말을 들어 본 적 있나요? 고래처럼 큰 집에 거무스름한 기와까지 얹었으니 정말 고래 등처럼 보였을 거예요. 짚을 얹는 초가집, 얇고 평평한 돌을 얹는 너와집과 달리 기와집은 기와를 지붕에 얹어요.

기와집에는 주로 양반들이 살았어요. 그래서 규모도 엄청 컸지요. 하지만 일반 양반들은 아무리 돈이 많아도 99칸 이상은 지을 수 없었대요. 왜냐하면 궁궐이 100칸이었기 때문이지요. 요즘에는 기와집의 우수성을 살린 전통 한옥으로 집을 짓는 사람들이 많답니다.

조상의 지혜를 배우는 속담 여행

〈개와 고양이〉에서 개와 고양이는 힘을 합쳐 구슬을 되찾았어요. 그런데 고양이만 예쁨을 받게 되었지요. 이때부터 개와 고양이는 보기만 하면 으르렁거리게 되었대요. 여기에서 배울 수 있는 속담을 알아보아요.

고양이 개 보듯 한다

사이가 매우 나빠서 서로 으르렁거리며 해칠 기회만 찾는 모양을 비유적으로 이르는 말이에요.

전래 동화로 미리 배우는 교과서

할아버지는 어떻게 요술 구슬을 얻게 되었나요?

사람들은 흔히 일의 과정보다는 결과를 중요하게 생각한답니다. 여러분은 어떻게 생각하나요? 엄마나 친구들과 함께 이야기해 보세요.

다음은 우리나라 천연기념물로 지정된 토종개들의 사진입니다. 빈칸에 어떤 품종의 개인지 써 보세요.

국어 6-2 읽기 7. 즐거운 문학 204~205쪽